Analyse de l'œuvre

Par Kelly Carrein

Les demoiselles

Anne-Gaëlle Huon

lePetitLittéraire.fr

Analyse de l'œuvre

Par Kelly Carrein

Les demoiselles

Anne-Gaëlle Huon

lePetitLittéraire.fr

Rendez-vous sur lepetitlitteraire.fr et découvrez :

Plus de 1200 analyses
Claires et synthétiques
Téléchargeables en 30 secondes
À imprimer chez soi

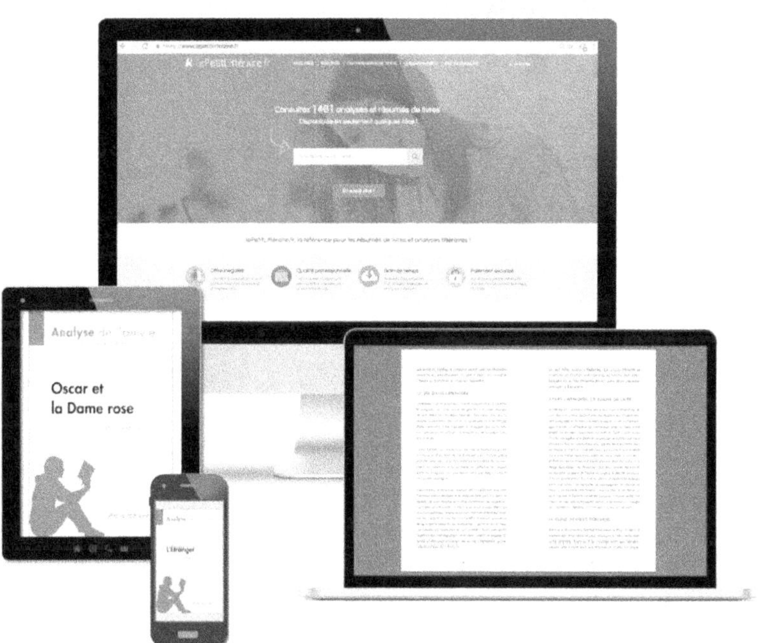

LES DEMOISELLES

DES FEMMES FORTES ET LIBRES

- **Genre :** roman.
- **Édition de référence :** Huon, A.-G., *Les Demoiselles*, Paris, Le Livre de Poche, 2021, 341 p.
- **1re édition :** 2020.
- **Thématiques :** Amitié, amour, famille, sacrifice, résilience.

Âgée de quinze ans, Rosa quitte l'Espagne pour le petit village français de Mauléon pour devenir pour six mois couseuse d'espadrilles, dans l'espoir de rassembler assez d'argent pour soigner sa grand-mère malade. Malheureusement, celle-ci décède deux mois plus tard, et la jeune fille demeure en France. Elle y rencontre les Demoiselles : Mlle Thérèse, la vieille institutrice sympathique ; sa sœur, Mlle Véra, une ancienne cocotte parisienne ; et Colette, leur jeune protégée de vingt ans. Ces trois femmes fantasques la prennent sous leur aile. Rosa grandit avec elles et se reconstruit une vie en France, tout en découvrant les plaisirs de la chair, sans jamais s'engager auprès d'un homme. Ses nouvelles amies deviennent sa nouvelle famille. Déterminée, Rosa veut construire sa propre usine d'espadrilles et devient une femme d'affaires avertie, au succès incontestable en Argentine et à Hollywood.

Les personnages féminins au centre du roman sont des femmes fortes et libres avant leur temps. Elles sont affranchies des dictats de la société qui voudraient en faire des mères au foyer soumises et mènent leurs vies comme elles l'entendent, sans se préoccuper des regrets ou des conventions sociales.

Plébiscité par les critiques, le roman obtient en mars 2021 le prix des Lecteurs Culture Presse. *Ce que les étoiles doivent à la nuit* (2021) est un roman « spin-off » des *Demoiselles* : il met en scène Liz, la petite-fille de Colette devenue adulte, qui ne fait qu'une brève apparition enfant à la fin des *Demoiselles*.

ANNE-GAËLLE HUON

ÉCRIVAIN FRANÇAIS

- **Née en 1984 à Toulon.**
- **Quelques-unes de ses œuvres :**
  - *Le bonheur n'a pas de rides* (2018), roman.
  - *Même les méchants rêvent d'amour* (2019), roman.
  - *Ce que les étoiles doivent à la nuit* (2021), roman.

Née dans le Sud de la France – où elle aime situer les intrigues de ses romans –, la jeune Toulonnaise est montée à Paris pour entreprendre des études de lettres et de commerce. Elle se tourne cependant d'abord vers une carrière dans la publicité. C'est en 2014, à l'occasion d'un voyage en famille à New York, qu'elle choisit la voie de l'écriture et autopublie alors son premier roman, *Le bonheur n'a pas de rides*, qui connait un vif succès et témoigne de son affection toute particulière pour les personnes âgées. En 2018, celui-ci est republié par Le Livre de Poche.

Anne-Gaëlle Huon n'hésite pas à piocher dans sa propre histoire familiale pour s'en inspirer pour son deuxième roman, *Même les méchants rêvent d'amour* (2019, aux éditions Albin Michel puis en poche l'année suivante) qui rend un vibrant hommage à sa grand-mère, dont le destin ressemble à celui du personnage de Jeannine, l'héroïne octogénaire qui prend des notes à destination de sa petite-fille quand elle se rend compte qu'elle commence à perdre la tête.

À ce jour, plusieurs centaines de milliers de lecteurs se sont laissé conquérir par l'écriture d'Anne-Gaëlle Huon, dont les œuvres sont traduites en plusieurs langues, et notamment dans le monde asiatique (en mandarin et en coréen). Les sites littéraires et les blogs spécialisés la mettent souvent à l'honneur, soulignant le côté lumineux de ses romans. L'auteure est très active sur les réseaux sociaux, et son quotidien est notamment suivi par plus de quinze-mille personnes sur Instagram.

RÉSUMÉ

UN DESTIN QUI BASCULE

En 1923, alors âgée de 15 ans, Rosa habite avec sa sœur ainée Alma et sa grand-mère Abuela, dans un village espagnol des Pyrénées. Lorsque Abuela tombe malade, Rosa parvient à convaincre sa sœur de partir avec elle à Mauléon, en France, afin de devenir couseuses d'espadrilles, comme des dizaines d'autres jeunes filles espagnoles de la région, appelées « les hirondelles ». Ce travail, d'une durée de six mois, leur permettrait d'obtenir un salaire pour prendre soin de leur aïeule souffrante. Lors du voyage, qui dure deux jours et emprunte des chemins escarpés, Rosa fait la connaissance de Pascual, un berger en partance pour l'Argentine, et tombe sous son charme. Le deuxième jour, le cortège d'Espagnoles doit emprunter un chemin plus dangereux sous la pluie, afin d'échapper aux gendarmes. Malheureusement, une roche se détache de la montagne et emporte Alma sur son passage, la tuant sur le coup. Contrainte et forcée, Rosa continue son périple.

Arrivée en France, elle est logée dans la même maison que cinq autres Espagnoles, dont Carmen, une jeune fille de deux ans son ainée. Pendant un mois, Rosa se morfond et peine à faire son deuil. Après ces quelques semaines, elle se joint enfin aux hirondelles à l'usine et découvre le travail qui l'attend. Elle a du mal à soutenir le rythme imposé et est sous-payée et moquée par le chef de l'atelier, le lubrique Sancho – qui a également des vues sur Carmen. Un jour, Rosa fait la connaissance de Mlle Thérèse, une vieille institutrice qui lui donne des cours de français : ces quelques heures quotidiennes illuminent ses journées. Parallèlement, elle rencontre Colette, une Française qui travaille également à l'atelier et qui l'aide à améliorer son travail.

Un soir, elle retourne à son logement où elle est accueillie par les cris de Carmen, qui est enceinte – malgré une tentative d'avortement clandestin ratée. La jeune femme tient Rosa pour responsable, car elle estime qu'elle lui a porté malheur en l'accompagnant chez la faiseuse d'anges, et la chasse de la maison, l'intimant de ne jamais y revenir. Ne sachant que faire, Rosa se rend chez Mlle Thérèse, qui l'accueille à bras ouverts dans la maison qu'elle partage avec sa sœur, Mlle Véra, et avec Colette. C'est ainsi que Rosa découvre les Demoiselles.

UNE INTRIGANTE FAMILLE D'ADOPTION

Le lendemain de son exclusion, Rosa se rend en voiture à l'usine, accompagnée de Colette. À son arrivée, elle essaie de se réconcilier avec Carmen, mais celle-ci la repousse. Rosa est alors officiellement adoptée par les Demoiselles et habite désormais avec elles, ainsi que Lupin, le domestique noir. Les occupantes de la maison l'intriguent tout particulièrement.

Un jour, des Espagnols viennent à Mauléon pour vendre du vin. Parmi eux se trouve Diego, un garçon de son village, qui apprend à Rosa le décès de sa grand-mère deux mois après son départ. La période de six mois à l'atelier touche à sa fin, et l'adolescente devrait retourner en

Espagne, mais comme sa grand-mère et sa sœur sont décédées, elle n'a plus personne là-bas et souhaite rester en France. Monsieur Guerrero, le patron, lui accorde un emploi à l'usine.

Parallèlement, Rosa se fait une vraie place parmi les Demoiselles, où elle est bientôt rejointe par Bernadette, la cuisinière de la maison qui a été battue par son mari pour avoir découché lors d'une sortie avec les Demoiselles. Colette, ancienne femme du monde parisien comme Véra, montre à Bernadette et Rosa ce que sont les plaisirs de la chair que les hommes peuvent leur procurer.

Lors d'une soirée d'anniversaire au casino, Rosa rencontre un homme avec qui elle partage un moment de complicité. Deux ans plus tard, elle le recroise et apprend qu'il s'appelle Henri. Il devient l'un de ses plus proches amis, mais il est amoureux d'elle et la demande en mariage à plusieurs reprises. La jeune femme refuse de s'engager, car elle voit le malheur provoqué par le mariage chez Bernadette, mais aussi chez Carmen, qui a épousé le terrible Sancho. Henri propose à Rosa de quitter l'atelier pour s'associer avec lui et créer une nouvelle entreprise, mais elle refuse également.

DES DÉPARTS EN CASCADE

Un soir, alors qu'elle travaille tard à l'atelier, Sancho tente de violer Rosa. Elle est sauvée in extrémis par Henri. Alors que Sancho se retourne contre lui, Rosa le frappe avec une lampe et lui crève un œil. Guerrero parvient à le convaincre de retirer sa plainte, mais en échange il renvoie Rosa – lui volant au passage la totalité des dessins sur lesquels elle a travaillé depuis cinq ans. Un mois plus tard, Guerrero meurt et l'atelier revient à Sancho. Rosa décide alors de monter son propre atelier en empruntant de l'argent à Véra et en s'associant avec Henri et Colette. Ils n'ont pas le moindre client pendant trois mois, alors elle démarche les mineurs du nord de la France, en créant une espadrille plus solide spécialement pour eux.

Peu de temps après, Pascual revient d'Argentine et se rend à l'usine de Sancho, où Carmen lui annonce que Rosa a mal tourné. Henri parvient à intercepter Pascual pour lui faire visiter l'atelier, et il retrouve Rosa, qui est toujours troublée par le jeune homme, même après plusieurs années. Pascual propose de ramener des paires d'espadrilles en Argentine, parce que l'une de ses amies danseuse de tango pourrait les porter pour les faire connaitre. Pascual et Rosa finissent par faire l'amour, et la jeune femme découvre enfin les plaisirs de la chair tant vantés par Colette. Cependant, il s'éclipse au petit matin avant son réveil et lui laisse une note pour lui apprendre qu'il a repris le bateau pour l'Argentine. Henri comprend rapidement ce qui s'est passé, et même si Rosa ne lui a jamais rien promis, il a le cœur brisé et quitte Mauléon pour New York.

Lors d'un diner chez le couple d'Arhampé, de nouveaux amis de Véra, Colette retrouve Émilienne, une ancienne amie parisienne, qui lui révèle que Véra est responsable pour son mariage avorté à un duc, quelques années plus tôt. C'est cet échec qui a poussé Colette à suivre Véra à Mauléon et à s'y installer avec elle. Furieuse, Colette disparait aux États-Unis avec Charlie Chaplin, qui était également l'un des invités à la soirée. Pendant plus de seize ans, elle ne donnera presque pas signe de vie, communiquant uniquement avec Rosa par courriers, pour lui demander de recevoir ses modèles d'espadrilles.

LE SECRET DE VÉRA

Les années passent, et après la Seconde Guerre mondiale, Rosa reçoit une commande d'espadrilles en provenance d'Argentine, qui s'avère salvatrice, car elle ne peut plus compter sur le marché des mineurs français. À partir de ce moment, elle développe l'atelier qui prospère, accueillant des femmes qui ont besoin de travailler, de se sentir en sécurité et de faire partie d'une sororité solidaire.

C'est le jour du quarantième anniversaire de Rosa que Colette réapparait avec Romy, sa fille adolescente qu'elle a eue avec Chaplin. Colette apprend à son amie qu'elle a connu une belle histoire avec Charlie Chaplin et a mené une belle vie aux États-Unis, mais qu'elle est revenue en France pour protéger sa fille, car son père est dans les tourments. En parallèle, Rosa apprend également qu'Henri a connu le succès dans le monde de la chaussure, créant la marque Pataugas, des chaussures à semelle crantée en caoutchouc.

Romy se montre tour à tour déprimée et enjouée. Elle tombe enceinte peu avant ses dix-huit ans et donne naissance à sa fille, nommée Elizabeth – dite Liz. La naissance l'entraine dans la dépression, et lors d'une crise d'hystérie (où elle menace également de bouter le feu à la maison), elle révèle à Colette que Véra est sa véritable mère avant de s'enfuir. La jeune fille a découvert elle-même cette filiation, simplement en observant les deux femmes et en passant beaucoup de temps avec Véra. Cette dernière est alors forcée d'avouer la vérité : elle a accouché de Colette après un déni de grossesse, pensant qu'elle ne pourrait jamais enfanter. Ne voulant pas la condamner à la vie de misère qu'elle avait connue enfant, Véra l'a confiée à une nourrice. Elle a poursuivi sa vie, et Colette a grandi sans savoir la vérité. À seize ans, elle a rencontré Véra, qui l'a prise sous son aile. Le duc s'est alors amouraché de Colette, ce que Véra n'a pas vu d'un bon œil : elle a elle-même eu une aventure avec lui et sait qu'il est violent et dangereux. Elle a alors fait croire au duc que Colette souffrait de la petite vérole pour qu'il annule les projets de mariage ; à Colette, elle a dit que le duc avait rencontré quelqu'un d'autre. La jeune fille en a eu le cœur brisé, et Véra l'a convaincue de déménager avec elle à Mauléon, chez Thérèse, et de devenir une Demoiselle.

UNE ENTREPRISE QUI PROSPÈRE ET UN DERNIER DÉPART

Le soir de cette révélation, l'atelier de Rosa prend feu, et elle ne peut s'empêcher de soupçonner Romy. Suite au succès de son entreprise en Argentine et à Hollywood (grâce à Colette), Christian Dior avait été attiré à Mauléon et leur avait commandé des milliers de paires d'espadrilles pour sa nouvelle collection, qui sont donc parties en fumée. Heureusement, l'incendie ne fait pas de victimes, mais tout est à recommencer. Rosa est anéantie. Carmen se présente à elle et lui apprend que Sancho est le responsable de l'incendie, car elle a annoncé vouloir le quitter. Avec l'aide de Carmen, qui lui trouve des dizaines de couseuses et un local, Rosa peut livrer la commande à Dior dans les temps, ce qui lui assure un succès grandissant en France.

La petite Liz est abandonnée par Romy, qui part à Paris pour tenter de devenir une célèbre chanteuse. Elle grandit chez les Demoiselles, chérie par toutes. Henri revient à Mauléon et avoue à Rosa qu'il ne l'a jamais oubliée. Ils s'embrassent. Alors que Liz à quatre ans, Romy, désormais dans une relation stable, vient récupérer sa fille, que les Demoiselles ne reverront jamais.

ÉTUDE DES PERSONNAGES

ROSA

Rosa est une jeune fille espagnole, issue d'une famille modeste. Au début du roman, elle habite avec sa grand-mère et sa sœur, Alma, d'un an son ainée. Elle considère celle-ci comme un modèle, une source de lumière, alors qu'elle-même se sent moins bien dans sa peau, souffrant notamment d'une mauvaise jambe qui la fait boiter. Lorsque l'Abuela tombe malade, Rosa parvient à convaincre Alma de se joindre à elle pour devenir une hirondelle, et partir travailler en France pendant six mois dans une usine d'espadrilles pour obtenir un salaire. Malheureusement, cette sœur adorée meurt tragiquement en montagne lors du passage de la frontière et n'arrive donc jamais à destination. Rosa est brisée par ce décès, mais la nouvelle famille qu'elle se constitue auprès des Demoiselles l'aidera à se relever et à se reconstruire.

À quinze ans, Rosa est une jeune fille effacée, d'allure androgyne. Timide, elle ne se défend pas lorsqu'elle est sous-payée et harcelée à l'atelier par Sancho. Sa rencontre avec les Demoiselles, et en particulier avec Colette, qui reprend le rôle de sœur ainée laissé vacant par Alma, lui permet d'évoluer et de s'ouvrir au monde. Plus elle grandit, plus elle prend conscience de sa valeur et de son talent, notamment par ses dessins d'espadrilles, qui attirent l'œil de son patron, M. Guerrero, puis, des années plus tard, du prestigieux Christian Dior.

Sur le plan amoureux, elle apparait d'abord comme naïve : sur le chemin pour Mauléon, elle tombe amoureuse de Pascual, un berger qui fait le trajet avec les Espagnoles pour ensuite partir en Argentine. Pendant des années, elle ne pensera qu'à lui, chérissant la seule carte postale qu'il lui a envoyée. Lors de son bref retour en France, elle découvre l'amour physique dans ses bras, mais a le cœur brisé le lendemain quand il part sans lui dire au revoir. Échaudée par son expérience, mais aussi par celles de certaines femmes de son entourage, elle jure de ne jamais se marier, préférant des aventures sans lendemain, tant vantées par Colette. Finalement, elle retrouvera Henri, son ami qui l'avait quittée après sa nuit avec Pascual, plus de vingt ans plus tard : alors qu'elle avait refusé de multiples demandes en mariage de sa part lorsqu'elle était jeune, c'est elle qui le demande en mariage pour son soixante-dixième anniversaire.

COLETTE

Colette est une jeune et belle Française qui travaille à l'usine d'espadrilles de Guerrero. Elle fait la connaissance de Rosa lorsqu'elle l'aide à améliorer sa technique de couture. Les deux jeunes femmes se lient d'amitié, même s'il est mal vu que les Françaises et les Espagnoles sympathisent.

Colette a été confiée très jeune aux soins d'une nourrice. À seize ans, elle rencontre Véra, qui est en vérité sa mère. Celle-ci lui fait découvrir l'aspect mondain de Paris en l'introduisant dans le milieu des Folies Bergère. Très vite, Colette se fait un nom et séduit un duc, qui lui propose de l'épouser. Elle est enthousiasmée par l'idée du mariage, mais les fiançailles seront rompues par le duc, qui annonce avoir rencontré quelqu'un d'autre. Colette, brisée car elle était follement amoureuse, emménage alors avec Véra et Thérèse à Mauléon. Lors d'un diner mondain, des années plus tard, Colette apprend d'une ancienne amie que Véra est responsable de son destin. Furieuse, elle quitte les Demoiselles et s'envole pour les États-Unis au bras de Charlie Chaplin, avec qui elle aura une fille.

Ce n'est qu'après plus de quinze ans qu'elle revient auprès des Demoiselles et de Rosa, accompagnée de sa fille adolescente. Elle apprend alors que Véra est en vérité sa mère, et qu'elle l'a protégée du duc, qu'elle savait dangereux, en faisant croire à celui-ci que Colette souffrait de la petite vérole pour empêcher le mariage.

Tout au long du roman, Colette apparait comme une femme libre, qui enchaine les conquêtes, promouvant auprès de Rosa et Bernadette les plaisirs de la chair au détriment de l'engagement marital. Elle fait toujours preuve de gentillesse vis-à-vis de Rosa, qu'elle considère comme sa petite sœur et souhaite protéger avant tout.

MLLE VÉRA

Véra est la sœur cadette de Thérèse. Ancienne cocotte parisienne, appelée de temps à autre « la Marquise » (bien qu'elle n'ait pas de titre de noblesse), elle a connu un très grand succès dans la capitale, tant auprès des hommes qu'au sein des Folies Bergère. Elle a été abandonnée très jeune par sa mère, qui n'avait pas les moyens d'élever ses deux filles et qui a préféré garder Thérèse auprès d'elle. Cet abandon lui a forgé un caractère fort et fier, et elle ne s'est jamais vraiment attachée à un homme à part Lupin, son domestique. Elle aime la vie et est déterminée à en profiter à chaque instant.

MLLE THÉRÈSE

Sœur ainée de Véra, Mlle Thérèse est une vieille institutrice, qui dispense des cours de français à Rosa lorsqu'elle arrive en France. Sa sympathie et sa bienveillance rassurent la jeune Espagnole, qui trouve dans ces leçons une source de joie alors que son quotidien à l'usine est difficile.

Thérèse est arrivée à Mauléon en tant que femme divorcée, ce qui a provoqué un ouragan de rumeurs et de remarques désobligeantes à son égard, car le divorce était très mal perçu dans les années 1920. Cependant, elle n'en a cure et vit jusqu'au bout sa vie comme elle l'entend.

HENRI

Henri rencontre Rosa lors d'une soirée au casino, où ils partagent un moment de complicité. Il la recroise deux ans plus tard, et ils deviennent amis. Il aimerait cependant l'épouser, et lui propose à plusieurs reprises le mariage : il est à chaque fois éconduit sans ménagement. Même si Rosa ne lui a jamais rien promis, il a le cœur brisé lorsqu'il réalise que Rosa a fait l'amour avec Pascual. Il part pour New York, où il connait un très grand succès dans le monde de la chaussure : il invente la chaussure à semelle crantée en caoutchouc, et crée ainsi la marque Pataugas.

Plus de vingt ans après, il retrouve Rosa, qu'il n'a jamais oubliée. Cette fois-ci, elle partage ses sentiments.

PASCUAL

Pascual est un berger qui part pour l'Argentine au début du roman. Rosa tombe sous son charme lors du trajet pour Mauléon et ne pensera qu'à lui pendant de longues années. Il la séduit par son charme, et aussi par sa tendance à la protéger, surtout après le décès d'Alma. Après son passage en France, et la nuit qu'il passe avec Rosa, il retourne en Argentine, la laissant dans le doute : l'a-t-il aimée ou s'est-il servi d'elle ? La jeune femme n'obtiendra jamais la réponse.

CARMEN

Carmen est une jeune femme espagnole que Rosa rencontre lors du voyage pour Mauléon. De deux ans son ainée, elle en est à son troisième périple en France, ce qui lui confère un rôle d'experte. Elle habite avec Rosa et quatre autres Espagnoles, mais chasse la jeune fille après quelques semaines, la tenant responsable de sa grossesse et surtout de l'échec de son avortement.

Carmen épouse Sancho, le contremaitre lubrique de l'usine, et enchainera les grossesses. Elle reprend le rôle de Sancho lorsque celui-ci est promu directeur de l'atelier à la mort du patron. Cependant, après des années, elle désire le quitter et rejoindre l'usine de Rosa (qui a engagé sa fille ainée Angèle et lui a offert un salaire et un lieu où se sentir en sécurité). Sa décision est ce qui pousse Sancho à incendier les locaux de Rosa.

SANCHO

Sancho est le contremaitre de l'atelier d'espadrilles. Lubrique et méchant, il harcèle les ouvrières et humilie notamment Rosa. Violent, il tentera même de la violer, mais en sera empêché par Henri. Il est marié à Carmen, et même s'il n'est pas le père d'Angèle, son premier enfant, il est bien le père des suivants.

Il est le responsable de l'incendie de l'usine de Rosa, qui aurait pu tuer ses ouvrières, dont Angèle. Il le provoque car il est aveuglé par la haine lorsque Carmen lui annonce vouloir le quitter, et vouloir quitter l'usine pour rejoindre Rosa.

ROMY

Romy est la fille adolescente de Colette et Charlie Chaplin. Elle rejoint la France contrainte et forcée par sa mère. Elle aspire à devenir une chanteuse célèbre, et souffre d'être rejetée par son père, qui lui préfère les enfants qu'il a avec sa nouvelle femme. Elle oscille constamment entre l'euphorie et la tristesse, et cette forme de dépression ne fait que s'intensifier après la naissance de sa fille. C'est peu avant ses dix-huit ans que Romy accouche de Liz. Cette maternité la plonge dans un état dépressif fort, qui la pousse à quitter les Demoiselles pour s'installer à Paris, leur laissant sa fille à élever. Peu après avoir récupéré

Liz auprès d'elle, Romy enchaine les internements psychiatriques.

ELIZABETH, DITE LIZ

Pendant les quatre premières années de sa vie, Liz grandit auprès des Demoiselles et vit une enfance dorée. Elle est pour Rosa une sorte de fille qu'elle n'a jamais eue. Malheureusement, lorsque Romy décide, alors que Liz est âgée de quatre ans, de la ramener à Paris auprès d'elle, tous les contacts sont coupés et Rosa ne la reverra jamais. Seules subsisteront quelques lettres de nouvelles qui finiront par s'espacer, puis s'arrêter. Liz entreprend à dix-huit ans des études de cuisine, financées par les Demoiselles, qui n'ont pas hésité à envoyer de grosses sommes d'argent sur la demande de Romy.

Liz devient donc une étrangère pour Rosa. C'est lorsqu'elle voit sa photo dans un magazine – elle a alors presque quarante ans et est une cheffe cuisinière célèbre – que Rosa se décide à lui raconter par écrit l'histoire des Demoiselles.

CLÉS DE LECTURE

L'HISTOIRE ET LA FICTION S'ENTREMÊLENT

Le récit des *Demoiselles* est purement fictif, mais Anne-Gaëlle Huon y incorpore des éléments historiques de diverses natures, pour y donner un cachet de véracité :

- **Les évènements historiques**. La guerre civile espagnole ainsi que la Seconde Guerre mondiale (tout comme le camp de concentration de Gurs, qui a vraiment existé) sont des évènements historiques de grande ampleur, connus de tous, qui permettent de situer le récit dans le temps (qui s'étend sur plusieurs décennies). C'est également le cas quand est évoquée l'apparition du rock'n'roll, à la fin des années 1940 et au début des années 1950. De cette façon, les personnages de fiction sont confrontés à une réalité historique véritable et vérifiable, et leurs actions et sentiments sont cohérents par rapport à ceux de l'époque : Mauléon étant un village situé dans le Sud de la France, c'est tout naturellement que les Demoiselles entrent en résistance et aident des personnes en danger à passer la frontière espagnole pour se mettre en sécurité ; quant au rock'n'roll, Rosa, comme bon nombre de femmes européennes d'âge moyen à l'époque, n'apprécie pas du tout cette nouvelle musique ;

- **Les personnages célèbres.** Au fil du roman, plusieurs personnages-phares du XXe siècle apparaissent, le plus important étant sans doute Charlie Chaplin, que Colette rencontre à un diner mondain et qu'elle suit aux États-Unis, où elle reste plus de quinze ans et donne naissance à sa fille. Christian Dior joue également un rôle central, puisqu'il commande des milliers de paires de chaussures à Rosa, permettant à son entreprise de connaitre un beau succès en France, alors qu'elle n'était auparavant connue qu'à Hollywood et en Argentine. Ces deux figures du XXe siècle ne sont pas juste mentionnées au fil de l'intrigue, mais tiennent des rôles clés, permettant au personnage de Colette d'évoluer pour l'un, et offrant à Rosa la prospérité pour l'autre. Même s'il n'est pas exceptionnel au sein de romans contemporains de mentionner des noms célèbres en passant, il est beaucoup plus rare de voir des individus qui ont réellement existé devenir des personnages de fiction à qui on prête des mots, des actions et un caractère au même titre que des personnages purement imaginaires. Les clientes prestigieuses de Rosa, de Lauren Baccall à Brigitte Bardot, sont également citées en passant, pour souligner son immense succès (p. 257). Tout comme les évènements historiques, la mention de personnages qui ont vraiment existé donne un cadre temporel défini à l'intrigue, qui a pour effet d'amener le lecteur en terrain connu ;

- **La marque de chaussures Pataugas.** Suite à la nuit entre Rosa et Pascual, Henri, le cœur brisé, part pour New York. Il n'aura pas de contact avec Rosa avant de nombreuses années. Le lecteur apprend à la fin du roman qu'il y a créé la marque de chaussures Pataugas, aux semelles crantées à base de caoutchouc, et que celle-ci a connu un grand succès en France entre les années 1960 et les années 1980. L'histoire d'Henri correspond en tous points à la réalité, puisque le vrai fondateur de Pataugas était également originaire de Mauléon et s'est aussi rendu aux États-Unis en 1953. Henri est cependant un personnage entièrement fictionnel, le créateur réel de Pataugas se nommant René Elissabide (1899-1967).

L'Histoire culturelle et sociale du XXe siècle a donc une place de choix au sein des *Demoiselles*. Ces références au monde connu par le lecteur lui permettent d'englober le roman dans un contexte plus large et de l'inscrire dans l'histoire du XXe siècle. L'intrigue du roman se déroule donc dans un univers familier et reconnaissable pour le lecteur, qui peut alors puiser dans ses propres connaissances pour compléter son expérience de lecture.

DES FEMMES LIBRES AVANT L'HEURE

Avant toute chose, les personnages féminins – placés au centre du récit – représentent la liberté. Pour l'époque où se déroule *Les Demoiselles*, leur caractère libre et fier, qui dérange les normes sociales établies pour les femmes, est vu comme une menace et suscite au mieux les moqueries, au pire les insultes. Carmen n'hésite par exemple pas à informer Pascual que Rosa a « mal tourné » simplement parce qu'elle a fait des choix de vie différents des siens. Chaque Demoiselle est, à sa façon, une égérie de la liberté :

- **Rosa.** La jeune Espagnole est une femme qui s'émancipe des contraintes du mariage, en choisissant de travailler pour subvenir à ses propres besoins, plutôt que de dépendre d'un homme. Si elle l'avait souhaité, elle aurait pu épouser Henri, ou même facilement trouver un autre prétendant après son départ, et ainsi facilement rentrer dans le rang. Cependant, il n'en est rien, et elle choisit consciemment de privilégier sa carrière. À la suite de sa déconvenue avec Pascual, elle choisit de privilégier les aventures d'un soir et d'éviter l'attachement émotionnel, à l'instar de Colette : ainsi, lorsqu'elle fréquente un homme, elle le fait selon ses propres règles. Elle refuse d'appartenir à qui que soit et se livre aux plaisirs de la chair sans aucune honte ;

- **Colette et Véra**. Colette et Véra forment un autre exemple de femmes libres, qui ne se préoccupent pas un instant de ce que d'autres pourraient penser d'elles. Elles sont intéressées par la vie, et souhaitent profiter de chaque instant, de chaque rencontre et de chaque plaisir. Même l'activité la plus banale et quotidienne, comme par exemple un diner, devient une source de jouissance potentielle qu'il s'agit d'exploiter. Anciennes cocottes parisiennes, elles ont pu s'exprimer par le biais de leur corps et de leur sexualité à une époque où cela était encore bien mal considéré, récoltant cependant une assez mauvaise réputation dont elles n'avaient cure ;

- **Thérèse.** À sa façon, Thérèse a également eu une conduite libre, mais scandaleuse pour l'époque, puisqu'elle a décidé de quitter un mariage qui ne lui convenait pas et de vivre seule. À l'époque, le divorce était impensable, surtout s'il était initié par la femme. Son statut de divorcée lui a attiré de nombreuses remarques et accusations qui ne l'ont jamais vraiment touchée, car elle savait qu'elle agissait pour son propre bien. Sa sexualité a été remise en question par des commères qui n'ont pas hésité à la croire lesbienne (ce qui était évidemment honteux à l'époque) puisqu'elle ne voulait plus être mariée et avait renoncé entièrement aux hommes.

En rejoignant les Demoiselles, Rosa s'affranchit donc des attentes de la société. Elle refuse le mariage et l'amour, privilégiant le plaisir. Elle ne veut sous aucun prétexte s'attacher à un homme, préférant privilégier son amitié avec les Demoiselles, qui lui apporte tout ce dont elle a besoin pour grandir et évoluer. Elle trouve ainsi le bonheur et l'épanouissement professionnel. C'est seulement après avoir atteint ceux-ci qu'elle se permet de renouer avec Henri, allant jusqu'à le demander enfin en mariage alors qu'ils sont tous les deux relativement âgés.

UNE MANIFESTATION DE LA PHILOSOPHIE HÉDONISTE

Les Demoiselles font donc de leur liberté personnelle le centre de leur existence, et mettent en avant la recherche de leur plaisir, chacune à leur façon. Ce faisant, elles se rapprochent de l'hédonisme, c'est-à-dire la doctrine philosophique grecque où la recherche du plaisir (et, par extension, la fuite des souffrances) est le but suprême de l'existence. Dans *Les Demoiselles*, le plaisir apparait sous différentes formes :

- **Le plaisir des arts,** tel qu'il est pratiqué par Véra, qui cherche notamment à se lancer dans la peinture et l'écriture. On le retrouve également par le biais de Colette, qui jouera dans quelques films après sa rencontre avec Charlie Chaplin, ou encore chez sa fille, Romy, qui désire ardemment devenir une chanteuse célèbre pour fuir une vie qui la désole. Les différents médians artistiques permettent donc aux femmes de s'exprimer vers l'extérieur par des moyens qui leur sont propres ;

- **Le plaisir du savoir,** tel qu'il apparait chez Thérèse, une institutrice avide d'apprendre, mais surtout de transmettre ses connaissances linguistiques à Rosa, car elle estime – à juste titre – qu'elles lui seront utiles. Rosa, elle-même, retire un plaisir certain de ces leçons particulières, qui sont pour elle une source de joie dans les semaines difficiles qui suivent son arrivée en France et la mort accidentelle de sa sœur ;

- **Les plaisirs de la table** se retrouvent à plusieurs reprises au sein du roman. Les Demoiselles n'hésitent pas à célébrer chaque occasion ou chaque anniversaire avec de magnifiques et délicieux repas. Ceux-ci ne cesseront d'ailleurs pas durant la guerre, alors qu'elles hébergent des Juifs et autres hommes persécutés qui sont en route pour prendre la fuite vers l'Espagne. Même le contexte extérieur maussade et dangereux n'entrave pas le plaisir de recevoir et d'organiser des fêtes magnifiques et opulentes. La consommation de champagne millésimé, comme signe de plaisir et de richesse, est d'ailleurs vivement encouragée par Véra, qui voit là l'un des plaisirs ultimes de la vie ;

- **L'amitié** tient évidemment une place centrale au sein de la demeure des Demoiselles. Les liens affectifs qui unissent les quatre femmes sont constamment mis en avant. De nombreuses conversations et les épreuves qu'elles traversent ensemble cimentent un lien indestructible. En témoigne l'absence de Colette qui revient auprès de Rosa après plus de quinze ans et est malgré tout accueillie comme si elles s'étaient quittées la veille. L'intrigue se déroule sur plusieurs décennies, et pourtant l'amitié que partagent les Demoiselles n'est pas victime de l'usure du temps ;

- **La sexualité** est l'un des piliers du plaisir mis en avant par les Demoiselles. Colette convainc Rosa, ainsi que la cuisinière Bernadette, que rien ne vaut les relations physiques avec un homme, et que celles-ci doivent être privilégiées face au mariage, toujours décevant. Suite à son cœur brisé par Pascual, Rosa adopte cette philosophie de vie. Bernadette, quant à elle bien sage, devient vite dévergondée, n'hésite pas à commenter le potentiel sexuel des hommes qu'elle croise et suit rapidement l'exemple de Colette et Rosa en ayant des relations d'un soir avec des inconnus.

Les Demoiselles placent donc la recherche du plaisir comme le but ultime de leur existence. Ce faisant, elles tournent bien entendu le dos aux normes sociales et suscitent des commentaires jaloux, voire haineux. Hédonistes, elles cherchent à éviter les souffrances, et – la plupart du temps – elles y parviennent. Lorsque Rosa perd son usine dans les flammes, elle pourrait rester à se morfondre, mais le plaisir et la satisfaction que lui procure son travail prennent le dessus, et elle peut tout de même livrer dans les temps la commande de Christian Dior.

> **Le saviez-vous ?**
>
> La doctrine de l'hédonisme (du grec hēdonḗ, qui signifie « plaisir ») est attribuée à Aristippe de Cyrène (vers 435 av. J.-C. – 356 av. J.-C.), un disciple de Socrate qui a fondé sa propre école hédoniste à Cyrène (Libye) en 399 av. J.-C.

DES PROBLÉMATIQUES CONTEMPORAINES

Bien que le roman soit situé, pour la majeure partie, dans la première moitié du XXᵉ siècle, il dénonce deux grandes problématiques qui font encore grand bruit à notre époque :

- **La dépression**. Dès l'apparition du personnage de Romy, à la fin du roman, il est évident que quelque chose ne tourne pas rond chez elle. À des moments d'euphorie sans raison particulière succèdent des crises d'hystérie ou d'abattement, voire de violence intense.

La jeune femme est en vérité rongée par des problèmes psychologiques encore trop peu soignés et ignorés pour l'époque. La maternité ne fait qu'exacerber sa situation. Même si son état mental semble s'améliorer à Paris, lorsqu'elle a trouvé une occupation et un compagnon sérieux loin des Demoiselles et de sa fille, il reste instable : après avoir récupéré Liz, âgée de quatre ans, elle enchaine les internements psychiatriques et ne sera jamais vraiment quitte de ses maux ;

- **Les femmes battues.** Bernadette, la cuisinière des Demoiselles – et par la suite pensionnaire – constitue l'exemple de la femme battue. Alors que la jeune femme est invitée par les Demoiselles à se joindre à elles pour une sortie, celle-ci se prolonge et elles découchent. À son retour le lendemain, son mari furieux et jaloux la bat. Les Demoiselles, choquées par les traces de coups, décident alors de l'accueillir dans la maison pour la protéger et l'éloigner de son époux. Carmen est également sous le joug d'un homme violent en la personne de Sancho, qui l'agresse physiquement au début du roman ; malgré cela, elle accepte tout de même de l'épouser et reste auprès de lui pendant de nombreuses années, se soumettant à sa domination.

Par l'intrusion de la dépression et de la problématique des femmes battues dans *Les Demoiselles*, Anne-Gaëlle Huon montre que les problèmes auxquels les femmes font face sont intemporels, et qu'il est important d'en parler. Romy ne recevant que peu de soutien face à sa santé mentale fragile (les Demoiselles ne sachant pas comment l'aider efficacement), elle ne trouvera jamais vraiment le salut, malgré sa fuite ; à l'inverse, les Demoiselles sauvent Bernadette en l'accueillant parmi elles et en lui apportant toute leur amitié. L'histoire de ces deux personnages secondaires démontre l'importance de la solidarité féminine. Dans le cas de Bernadette, le soutien des Demoiselles lui a permis de se reconstruire loin de son traumatisme. À l'inverse, l'absence de solidarité envers Romy n'a fait que l'éloigner des Demoiselles, jusqu'à provoquer son départ pour Paris (qui n'a pourtant pas apaisé ses souffrances).

PISTES DE RÉFLEXION

QUELQUES QUESTIONS
POUR APPROFONDIR SA RÉFLEXION...

- Commentez cette citation de Lupin : « L'espoir, ce n'est pas de croire que tout ira bien, mais de croire que les choses ont un sens » (p. 124).

- Analysez la portée sémantique du terme « hirondelles » pour désigner les Espagnoles qui viennent travailler en France six mois par an.

- Y a-t-il des signes avant-coureurs du lien de parenté entre Véra et Colette ? Si oui, lesquels ? Si non, pourquoi croyez-vous qu'ils ont été dissimulés ?

- Analysez et comparez la réaction de Rosa lorsque sa sœur Alma décède, puis lorsqu'elle apprend (avec deux mois de retard) la mort de sa grand-mère.

- Comparez et opposez les duos de sœurs Rosa/Alma et Véra/Thérèse.

- Explicitez le rôle central que Lupin joue dans le roman, malgré ses apparitions discrètes.

- À part à l'hédonisme, à quel(s) courant(s) philosophique(s) pouvez-vous rattacher les Demoiselles ? Justifiez votre réponse.

- Que représente Liz pour Rosa ? Analysez ce qui pousse la vieille dame à lui raconter son histoire, alors qu'elles n'ont plus de contact depuis des décennies.

POUR ALLER PLUS LOIN

ÉDITION DE RÉFÉRENCE

- Huon, A.-G., *Les Demoiselles*, Paris, Le Livre de Poche, 2021, 341 p.

SOURCES COMPLÉMENTAIRES

- « Anne-Gaëlle Huon – Site officiel de l'auteure », consulté le 4 octobre 2021. URL : www.annegaelle-huon.com

Votre avis nous intéresse !
Laissez un commentaire sur le site de votre librairie en ligne
et partagez vos coups de cœur sur les réseaux sociaux !

lePetitLittéraire.fr

- un résumé complet de l'intrigue ;
- une étude des personnages principaux ;
- une analyse des thématiques principales ;
- une dizaine de pistes de réflexion.

Retrouvez
notre offre complète sur
lePetitLittéraire.fr

ISBN version numérique : 9782808023993
ISBN version papier : 9782808024006
Dépôt légal : D/2021/12603/39

Conception numérique : Primento,
le partenaire numérique des éditeurs.

www.ingramcontent.com/pod-product-compliance
Lightning Source LLC
LaVergne TN
LVHW010837200726
843508LV00012B/2635